ye

14169

ÉPITRE

D'UN VENTRU A SON ESTOMAC.

ÉPITRE

D'UN VENTRU A SON ESTOMAC

SUIVIE D'UNE

ODE A LA PATRIE,

Par ANACHARSIS D.

A PARIS,

CHEZ LADVOCAT, LIBRAIRE,

PALAIS ROYAL

1822.

ÉPITRE

D'UN VENTRU A SON ESTOMAC.

TENDRE et fidèle ami qui me guidas toujours,
Qui traçant ma conduite a dicté mes discours,
Cher et pauvre Estomac, faisons tête à l'orage;
Et reçois de mes vers le douloureux hommage.
Nous qui devons rester unis jusqu'à la mort,
Dévorons, s'il se peut, l'horreur de notre sort :
Tes plaintes quelquefois ont à la multitude
Appris que de jeûner tu n'as pas l'habitude :
Crois-moi, dissimulons, ne laissons pas trop voir
Jusqu'où va notre faim et notre désespoir.
Long-temps de tes conseils tu me rendis avide,
Ah! permets qu'à mon tour je devienne ton guide :
Je te dus si souvent mille plaisirs divers,
Qu'aujourd'hui c'est à moi de vaincre nos revers.

Idoles des gourmets, adorables Bacchantes,
Venez tarir le cours de mes larmes brûlantes;
Soutenez les accens de ma Muse aux abois,
Secondez les efforts du cuisinier bourgeois :
Voilà mon Apollon, lui seul monte ma lyre,
M'échauffe de ses feux, fait naître mon délire.
O dieu des bons repas! ô soutien des mortels!
L'on me vit constamment encenser tes autels,

Faut-il ne plus pouvoir te prouver tout mon zèle,
Moi qui serai toujours ton disciple fidèle.

Tu sais mon Estomac, que triste en mes foyers,
Je digérais en paix couché sur mes lauriers:
Mon antique castel, mes bois, et leur silence,
A mes sens engourdis laissaient un vide immense.
Toi seul mon bon ami, poussant de longs soupirs,
Tu laissais entrevoir quels étaient mes désirs :
Je les crus satisfaits, quand, grâce à ma finance,
Je fus encore élu député de la France.
Je pris un vomitif, j'endossai mon habit,
Et je partis pourvu d'un brillant appétit.
Je m'éloignai gaîment des rives de la Sambre,
Et j'étais à Paris le quatre de novembre.
Avec quel doux plaisir je repris place au banc,
Où, suivant Messeigneurs j'avais dit noir et blanc;
Où malgré les débats des deux partis contraires,
J'avais de tout mon cœur secondé mes confrères,
En votant pour des lois qu'on eut tort de donner :
Mais il le fallait bien pour payer son dîner.
Rien ne me retenait, tu m'as vu pour te plaire,
Prêt à tout affronter, capable de tout faire,
Et j'accourais encor plein de l'espoir flatteur
De t'offrir le tribut qu'on paye *à mon honneur.*

Je m'en croyais certain, je comptais dans ma tête,
Deux cents festins au moins, dont je me faisais fête,
Déjà sur mon calpin j'avois inscrit les noms,
De tous mes généreux et grands Amphitryons.
Hélas ! je calculais du fond de ma campagne,
Et je vois que j'ai fait des châteaux en Espagne :
Pouvais-je pressentir que le vœu des Français,
Dérangerait ainsi mes louables projets ;

Que les rangs ennemis suspendant leur colère
S'uniraient pour frapper un si bon ministère,
Ces hommes vertueux qui, bravant les partis,
Fermaient l'oreille à tout et servaient....... leurs amis.

Mais chut ! parlons plus bas, ne faisons pas paraître
D'inutiles regrets qui nous nuiraient peut-être.
Ils sont bien mérités ; mais puisque le Destin
Devait nous arrêter en un si beau chemin,
Il nous faut à ses lois obéir sans murmure,
Et suivre prudemment la route la plus sûre ;
Depuis que mes impôts me firent député,
L'on ne peut m'accuser de m'en être écarté :
A chaque changement, fidèle à ma conduite,
Je (soutiens) le pouvoir qui mange et qui m'invite.
Chacun, dans ce bas monde, a son genre d'esprit,
Et le mien, de nos jours, est le plus en crédit.

J'arrivais pour diner chez certaine Excellence,
Quand, hélas ! en entrant, j'appris sa déchéance.
A ce coup imprévu je devins interdit,
Involontairement un frisson me saisit ;
Mais bientôt ; surmontant ma douleur importune,
Je revins tout pensif dans ma demi-fortune.
De retour au logis, en ma mauvaise humeur,
Je mis en vingt morceaux le fâcheux Moniteur.
Je ne pus point dîner, mais je ne saurais taire,
Dans cette occasion, ta conduite exemplaire :
Partageant en ami ma contrariété,
Tu ne te plaignis pas d'être désapointé !
Peu touché de mon sort le sommeil au contraire,
Loin de me soulager, s'enfuit de ma paupière ;
Et mon esprit actif, avide de succès,
Pour me guider encor forgea mille projets.

Vite le lendemain, d'un air digne et sévère,
Je me fais annoncer au nouveau ministère :
Deux ou trois grands laquais, avec le meilleur ton,
Me demandent sondain mes titres et mon nom.
Je leur dis aussitôt et sans tarder, je pense
Que je vais à l'instant obtenir audience,
J'en obtins si souvent. Il n'en fut pas ainsi :
Monsieur, l'on ne peut voir le Ministre aujourd'hui,
Me dit-on poliment. Je pars sans résistances,
Même cérémonie à la Guerre, aux Finances !
Je n'entre nulle part ; tu murmuras alors,
Tu ne me sus pas gré de mes nombreux efforts,
Il fallut t'apaiser. Mais ce n'est pas la chère
Que chez nos grands seigneurs je te fis souvent faire ;
Je me nourris fort bien, j'y mets tout mon bonheur ;
Cependant, entre nous, ce serait une erreur
De croire qu'il n'existe aucune différence
Entre mon ordinaire et ces jours d'abondance
Qui semblaient par le ciel nous être réservés.
Souvenirs trop amers de nos prospérités,
Seuls vous me demeurez ! Chers instans de ma gloire,
Ne venez plus de grâce assiéger ma mémoire !
Magnifiques festins, mets fins et délicats
Qui sûtes l'emporter sur le sort des États,
Vins exquis, vins fumeux de l'antique Ibérie,
Qui couliez à grands flots, aux frais de la patrie,
Puisque vous n'êtes plus que dans mes souvenirs,
Ne me tourmentez plus d'inutiles désirs !
Je vous perds à jamais. Cependant l'Espérance
Me conseille en secret de la persévérance.
Quoi ! je pourrrais encor ?... Ah ! cet espoir flatteur
Vient pour solliciter me rendre ma vigueur.
Oui, pour toi, mon ami, redoublant de courage,
Je veux que de nouveau tu me rendes hommage.

Tu vois déjà combien, actif et prévoyant,
Je sais mettre à profit et l'heure et le moment :
Parcourant les salons j'écoute et je prends note,
Je colporte mon nom, je frappe à chaque porte.
Les Ministres chez eux me retrouvent sans fin,
M'y rencontrent le soir et m'y voient le matin ;
A la Chambre vont-ils? vite prenant l'avance,
Je vais sur le perron me mettre en évidence ;
Je les poursuis partout, et je crois, sur ma foi,
Que leur ombre ne peut les suivre mieux que moi.
Aussi, grâce à ces soins que ton amour m'inspire,
Ils m'honorent par fois d'un aimable sourire.
Cela promet beaucoup quand le pouvoir sourit,
Le *sede à dextris* (1) est bien près d'être dit;
Ne désespérons point, un peu de patience ;
Tâchons de ressaisir notre ancienne puissance.

Et puis, dois-je oublier que mon département
Exigea de ma bouche un rigoureux serment;
Que, pour ses intérêts, je promis de tout faire,
Et, pour le protéger, qu'en moi seul il espère?
Dois-je tromper ses vœux? Non, strict à mon devoir,
Je dois tout affronter, tout essayer, tout voir;
Nouveau caméléon, suivant la circonstance,
Je change de maintien, de discours, de nuance ;
Je m'introduis partout, rien ne peut m'arrêter;
Le plus mortel affront ne sait me rebuter.
On m'appelle ventru, l'on croit me faire outrage;
Heureusement pour vous, rien ne me décourage.
Vous osez m'insulter; puisque vous le voulez,
Continuez, ingrats; mais plus tard vous verrez...

(1) Asseyez-vous à ma droite.

Vous l'avez déjà vu ; si votre mandataire
N'eût pas été l'ami de l'ancien ministère,
Qu'eussiez-vous obtenu dans le département ?
Vous n'auriez jamais eu le moindre changement.
La chambre s'agitait au sein des assemblées,
Et les ministres seuls fixaient vos destinées :
Tout marchait à leur gré, tout tremblait à leur voix,
Ils imposaient silence aux organes des lois,
Étendaient sur *nous tous* une main protectrice,
Et payaient largement le plus léger service.
Pour vous, grâce à mes soins, voyez ce qu'ils ont fait :
Par eux mon fils aîné devint votre préfet,
Le second, receveur de toute la province,
Et le plus jeune enfin fut courtisan d'un prince.
Aucuns n'avaient servi, cependant tous les trois
Eurent pour l'avenir au moins deux ou trois croix.
N'est-ce rien tout cela ? Pareille bienveillance
Mérite bien, je crois, votre reconnaissance.
Il est vrai que souvent, oubliant vos malheurs,
Ils nous plaçaient plutôt qu'ils ne séchaient vos pleurs,
Mais devaient-ils laisser pour de telles misères
A quelques étrangers le soin de leurs affaires?
Et puis l'homme d'état voit tout en général,
S'il absout, s'il punit, qu'il fasse bien ou mal,
L'impérieux devoir de l'absurde vulgaire
Est de tout endurer et de savoir se taire.

Vous, nobles candidats, appelés parmi nous,
Par vos droits, vos vertus, et par le vœu de tous,
Venez grossir nos rangs, reprendre l'influence
Que nous eûmes long-tems *pour le bien de la France*;
Et c'est ainsi qu'on peut, dédaignant les partis,
Se devenir propice et sauver son pays.
Tranquilles au milieu des fureurs politiques,

Les injures par nous demeurent sans répliques,
Et tout en vivant bien, et sans de grands efforts,
D'un pouvoir souverain nous sommes les ressorts.
Il est vrai que les temps ne nous sont pas prospères,
Que nous n'influons plus sur les grandes affaires;
Qu'ils ont fui ces dîners dont le peuple français
Faisait peu le motif et toujours tous les frais.

   Notre étoile a pâli; mais, par notre système,
Chacun s'est dirigé vers l'un ou l'autre extrême;
La multitude croit que nous n'existons plus,
Qu'à des sentiments vrais nous sommes revenus.
Laissons-la nous traiter avec cette indulgence;
Mais s'il reparaissait la moindre circonstance,
Montrons-nous plus zélés qu'on put nous voir jamais;
Resaississons nos droits, prenons place aux banquets.
En secret employons l'astuce et la finesse,
Triomphons par le temps ainsi que par l'adresse,
Et marchons franchement vers le glorieux but
Qui pour nos estomacs est le port du salut.

ODE

A LA PATRIE.

————◦————

Diis immortalibus secunda patriæ.
Cic. off.: 2. 260.

QUEL dieu fait naître mon délire ?
Un feu divin brûle mon cœur.
L'amour sublime qui m'inspire,
 Soutient ma poétique ardeur!
Guide mes chants, muse chérie.
Mais non, toi seule, oh! ma patrie,
Toi seule excite mes transports ;
Ta voix m'électrise et m'enflamme ;
Ton nom fait tressaillir mon ame,
Le Ciel dictera mes accords.

Oh! mon pays, flambeau du monde,
Sa gloire et long-temps sa terreur ;
France, en grands hommes si féconde,
Rien ne peut ternir ta splendeur ;
Tes exploits remplirent la terre ;
Ton génie aujourd'hui l'éclaire ;
Tes fils, oh! sublimes vertus !
Tes fils, au péril de leur vie,
Sauvent les enfants d'Ibérie,
Qu'ils ont autrefois combattus.

———————————————

(1) Les medecins français.

Des fastes brillants de ta gloire
Tout parle encore à l'univers.
N'as-tu pas fixé la victoire,
Même au milieu de nos revers?
Dans ces jours de deuil et d'alarmes,
Où nous vîmes l'Europe en armes
Nous menacer de sa fureur,
Elle put franchir nos murailles,
Voir nos efforts, nos funérailles,
Mais jamais notre déshonneur.

Français, au temple de Mémoire
Plaçons ces immortels guerriers
Qui, mourant, lèguent à l'histoire
Leurs nobles faits et leurs lauriers.
De pleurs inondant leur poussière,
Je voudrais graver sur la pierre,
De ma main, ces illustres mots :
« Soldats, interrogez leur cendre ;
« C'est elle qui doit vous apprendre
« A vivre et mourir en héros. »

Jeunes émules de Bellonne,
Soyez leurs dignes successeurs ;
Et si quelques jours l'airain tonne,
Apprenez à nos agresseurs
Que, pour nous venger d'un outrage,
Rien n'ébranle votre courage.
De votre fer ensanglanté,
Frappez!.... Qu'est-ce donc que la vie?
Mourir pour sauver sa patrie,
C'est vivre à l'immortalité.

L'Eternel semblait de la France
Avoir détourné ses regards;
Mais nous revîmes sa clémence
Briller sur nous de toutes parts.
Il nous rendit un prince auguste,
Eclairé, sage, autant que juste.
Rallions-nous donc à sa voix.
Chez nous, comme à Lacédémone,
Les lois affermiront le trône;
Le trône soutiendra nos droits.

La paix fit naître l'abondance;
Nous croyions réparer nos maux.
Hélas! inutile espérance;
C'était le Vésuve en repos.
Ainsi qu'une lave brûlante,
On vit la terreur, l'épouvante
Se répandre dans tous les cœurs;
Et la discorde sur nos têtes,
Du séjour affreux des tempêtes,
Nous menaçait de ses fureurs.

Inscrivons sur notre bannière :
« Hommage à la Divinité;
« Honneur à la vertu guerrière;
« Devant les lois, l'égalité;
« Au mérite, sa récompense;
« Une généreuse assistance
« A tout mortel dans la douleur;
« A nos serments toujours fidèles,
« Jurons de rester les modèles
« Du dévouement et de l'honneur. »

Abjurons d'absurdes doctrines;
Cessons d'allumer les flambeaux
De nos discordes intestines,
Et de partager nos lambeaux.
Que la voix de la Renommée,
Des bords du Tibre à la Crimée,
Proclame qu'il n'est plus d'erreurs.
Aux partis imposons silence,
Soyons unis; alors la France
Oubliera ses nombreux malheurs.

DE L'IMPRIMERIE DE P. DUPONT.

www.ingramcontent.com/pod-product-compliance
Lightning Source LLC
Chambersburg PA
CBHW061440170626
46811CB00005B/2318

* 9 7 8 2 0 1 1 2 6 2 4 3 1 *